A BELA ADORMECIDA

CLÁSSICOS ILUSTRADOS

MAURICIO DE SOUSA

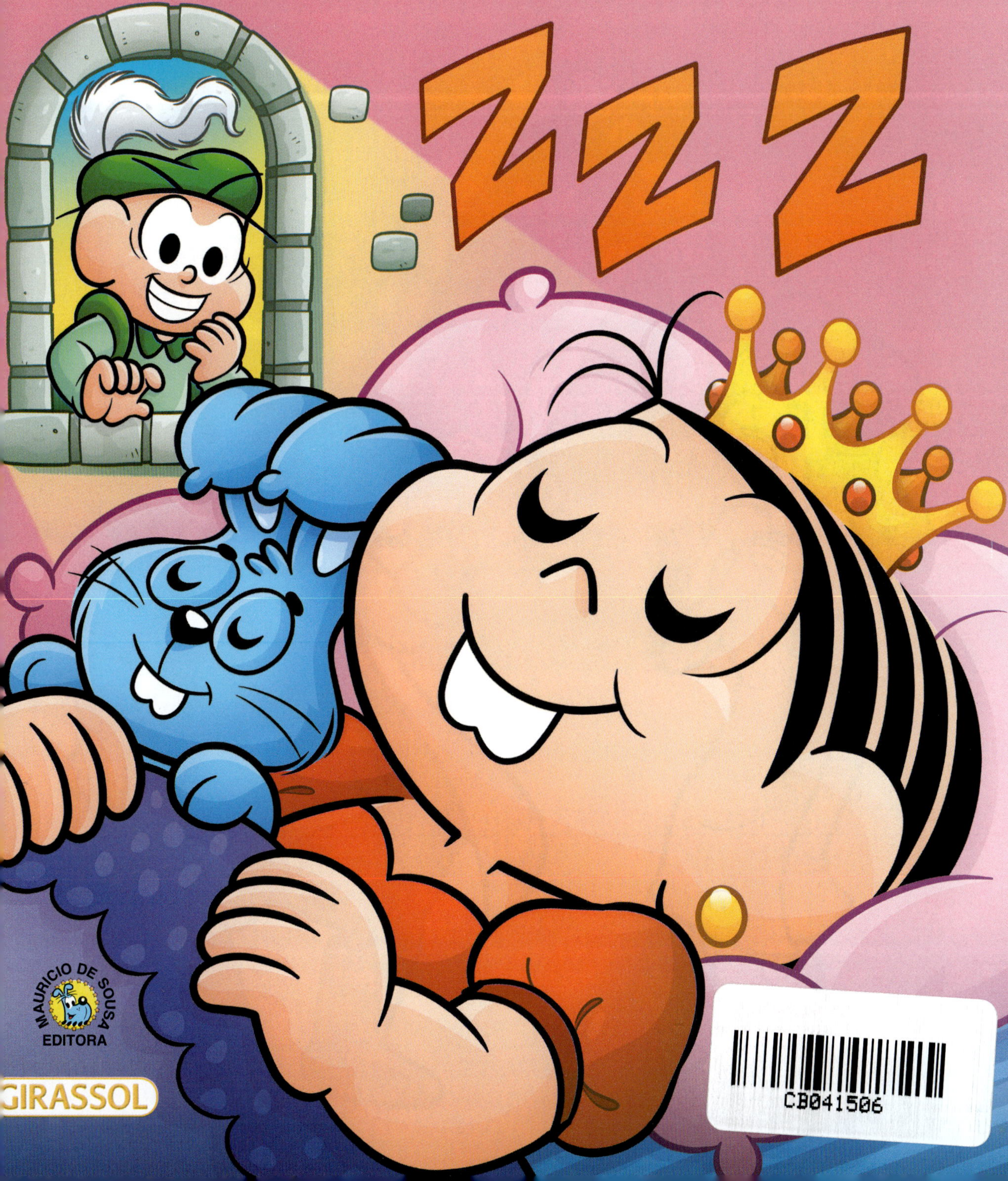
ZZZ

MAURICIO DE SOUSA EDITORA
GIRASSOL

HÁ MUITOS E MUITOS ANOS, NUM REINO DISTANTE E FELIZ, VIVIAM UM REI E UMA RAINHA QUE SONHAVAM EM TER UM FILHO.

CERTO DIA, QUANDO A RAINHA TOMAVA BANHO, UMA RÃ ENCANTADA SAIU AOS PULOS DE DENTRO DA ÁGUA E LHE DISSE QUE EM POUCO TEMPO SEU DESEJO SE REALIZARIA.

LOGO DEPOIS, NASCEU UMA LINDA MENINA E O REI OFERECEU UMA GRANDE FESTA PARA COMEMORAR. VIERAM PARENTES, AMIGOS E ATÉ AS FADAS QUE VIVIAM NO REINO.

MAS COMO ERAM TREZE FADAS E SÓ HAVIA DOZE PRATOS DE OURO PARA SERVI-LAS, UMA NÃO FOI CONVIDADA. A FESTA ERA UM ESPLENDOR E AS FADAS CONCEDIAM ALGUNS DONS À MENINA. UMA LHE DEU A VIRTUDE; OUTRA, A BELEZA; UMA TERCEIRA, A INTELIGÊNCIA; E ASSIM POR DIANTE.

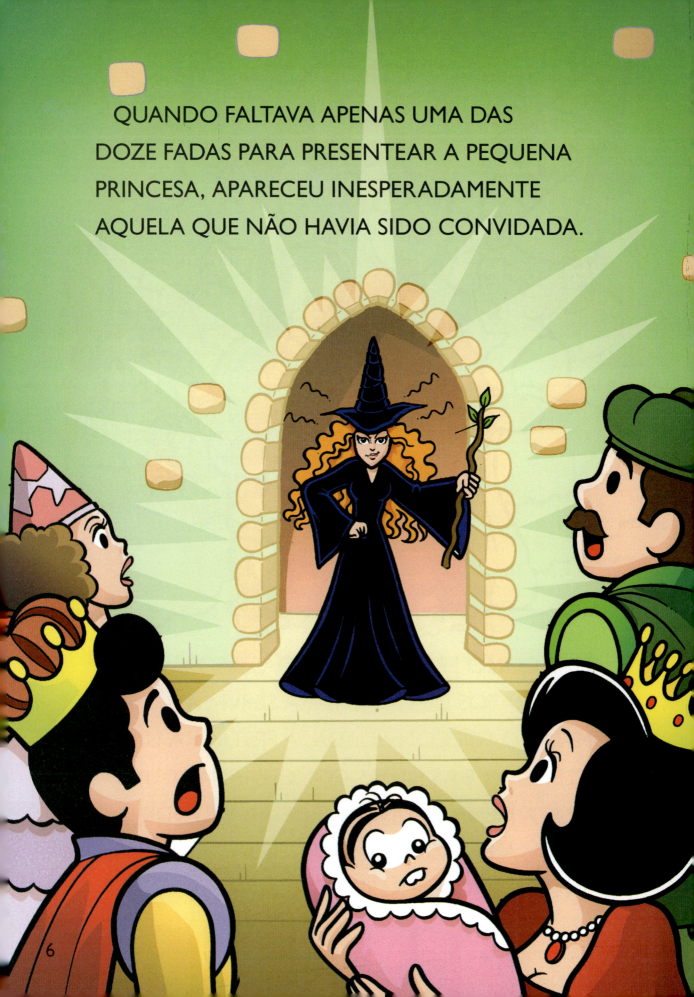

QUANDO FALTAVA APENAS UMA DAS DOZE FADAS PARA PRESENTEAR A PEQUENA PRINCESA, APARECEU INESPERADAMENTE AQUELA QUE NÃO HAVIA SIDO CONVIDADA.

A INTRUSA FALOU, COM VOZ FURIOSA E AMEAÇADORA, QUE QUANDO A JOVEM PRINCESA COMPLETASSE QUINZE ANOS, ESPETARIA O DEDO EM UM FUSO E CAIRIA MORTINHA DA SILVA.

COMO A DÉCIMA SEGUNDA FADA AINDA NÃO HAVIA CONCEDIDO SEU DOM À PRINCESA, DISSE QUE PODERIA AMENIZAR O EFEITO DO ENCANTO. A PRINCESA NÃO MORRERIA, MAS ELA E TODOS OS MORADORES DO CASTELO DORMIRIAM DURANTE CEM ANOS.

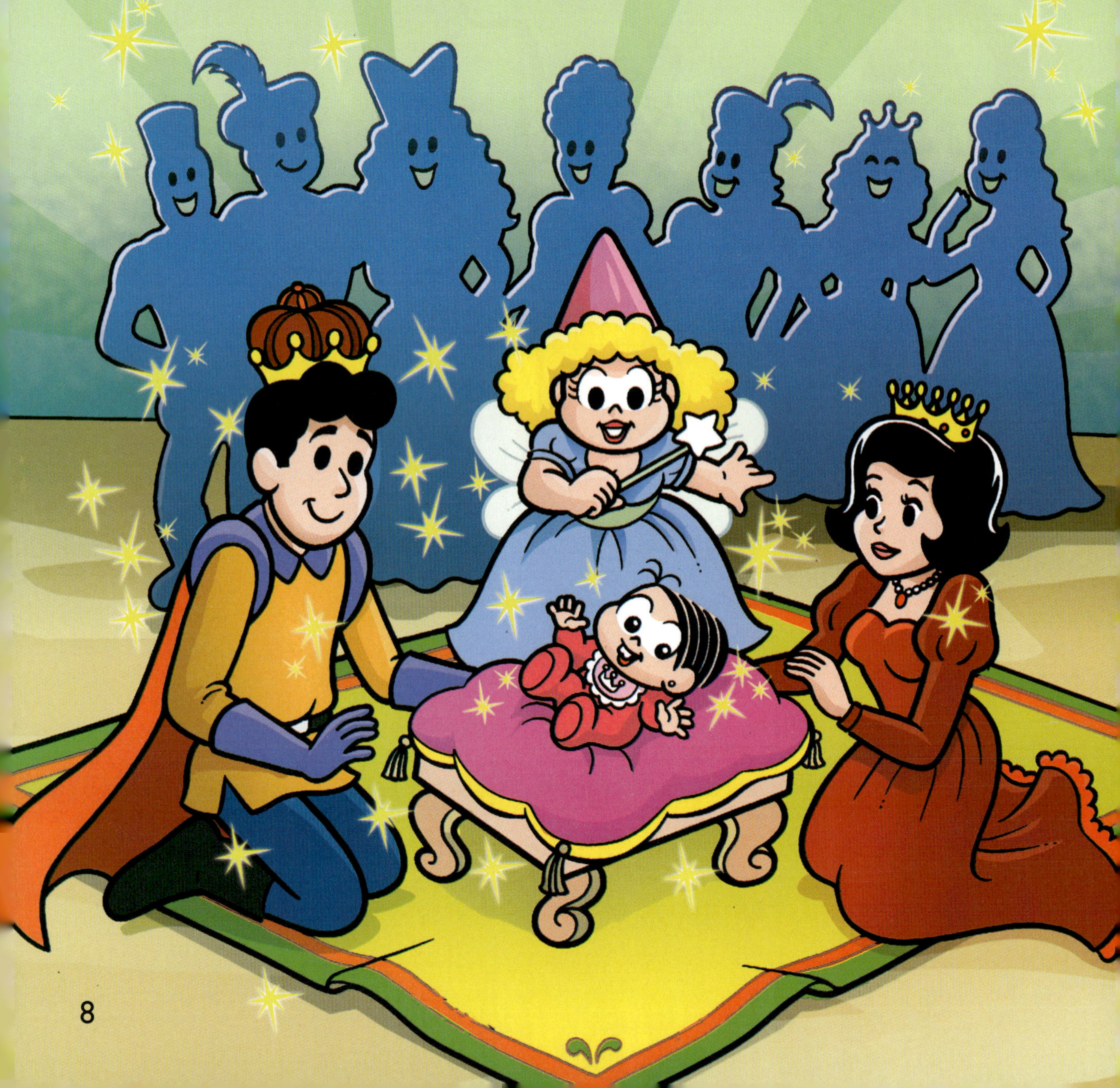

O REI, AINDA ESPERANÇOSO DE QUE PODERIA EVITAR AQUELE ACONTECIMENTO MALÉFICO, MANDOU QUE FOSSEM DESTRUÍDOS TODOS OS FUSOS EXISTENTES NO REINO.

CERTO DIA, O REI E A RAINHA SAÍRAM. A PRINCESA, ENTÃO COM QUINZE ANOS, FICOU SOZINHA NO CASTELO. ELA SUBIU ATÉ UMA VELHA TORRE E VIU UMA VELHINHA, USANDO UM FUSO DE FIAR.

CURIOSA, A MENINA ACHOU AQUILO MUITO DIVERTIDO E PEDIU PARA MEXER NO FUSO. DE REPENTE, ESPETOU O DEDO E CAIU EM UM SONO PROFUNDO.

O REI E A RAINHA, QUE ACABAVAM DE CHEGAR, TAMBÉM ADORMECERAM. ASSIM COMO OS EMPREGADOS, OS CAVALOS E TUDO O MAIS. UMA CERCA DE ESPINHOS CRESCEU EM TORNO DO CASTELO.

MUITOS ANOS DEPOIS, APARECEU UM PRÍNCIPE QUE OUVIU DO SEU AVÔ A HISTÓRIA SOBRE A BELA ADORMECIDA. CORAJOSO, QUIS CONHECER O CASTELO DA PRINCESA.

NO PÁTIO DO CASTELO, OS CAVALOS E OS CÃES DORMIAM, IMÓVEIS. NO SALÃO NOBRE, O REI, A RAINHA E OS MEMBROS DA CORTE TAMBÉM DORMIAM, ESPALHADOS POR TODA A PARTE.

O PRÍNCIPE CHEGOU À TORRE E LOGO VIU A PRINCESA. ERA UMA JOVEM TÃO LINDA QUE ELE NÃO RESISTIU E A BEIJOU. A BELA ADORMECIDA ACORDOU E APAIXONOU-SE PELO PRÍNCIPE IMEDIATAMENTE.

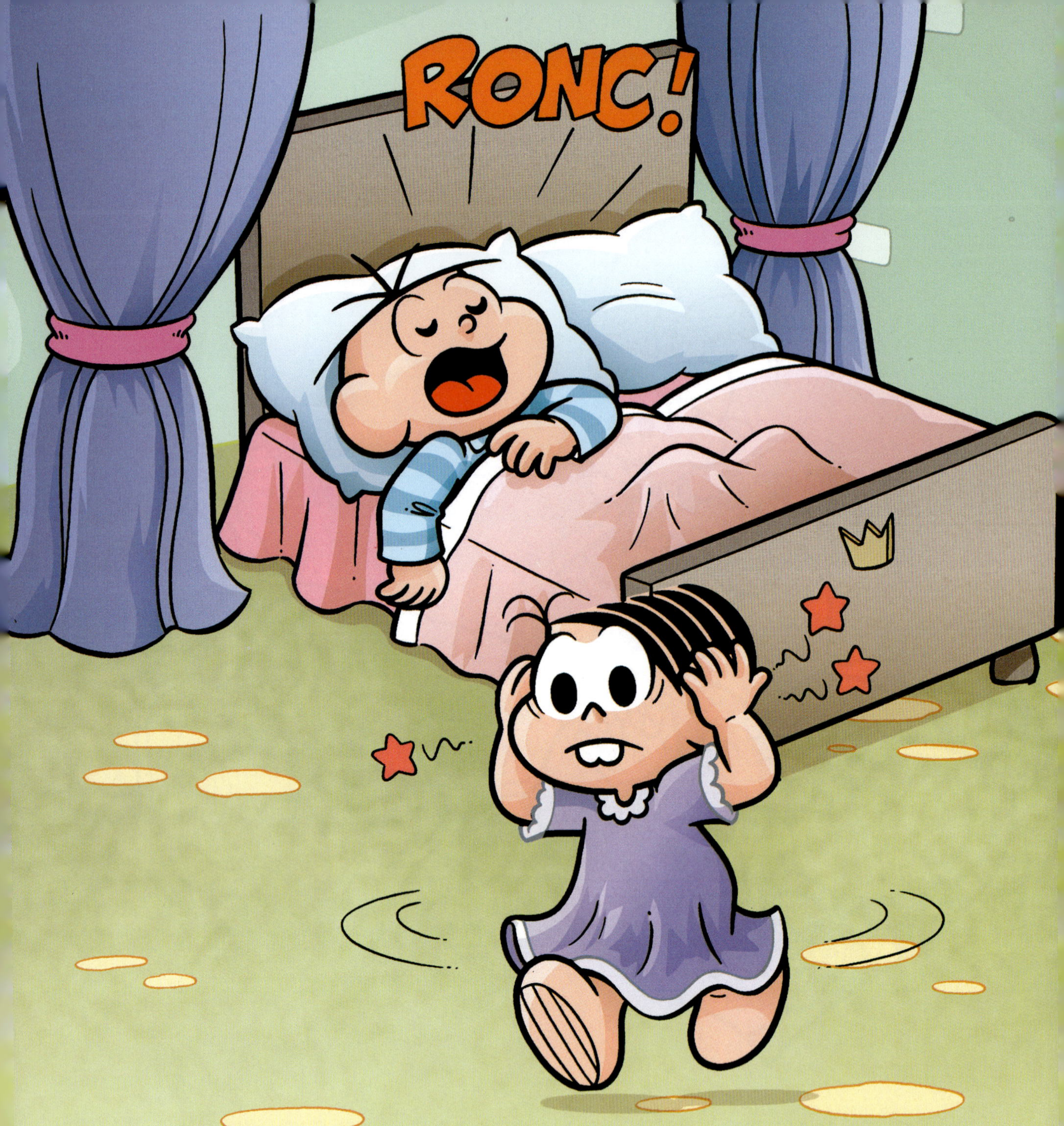
RONC!

APÓS SEU SONO DE CEM ANOS, A PRINCESA SE CASOU COM O PRÍNCIPE. A CERIMÔNIA FOI REALIZADA COM A MAIOR POMPA E O CASAL VIVEU FELIZ PARA SEMPRE.